*A Pamela y Julian,*
*y a todes les activistas queer que nos antecedieron:*
*su increíble valor y fuerza han hecho posible mucho más.*
—Joanna McClintick

*A Sally, Agustín y Julian,*
*y para generaciones más jóvenes, que viven con menos miedo y*
*prejuicios, gracias a la valentía y orgullo de nuestres predecesores.*
—Juana Medina

Para reflejar una perspectiva inclusiva, nos enorgullece
utilizar español no binario en esta traducción.

### DE LA AUTORA

Muchas gracias a Katie Cunningham y al equipo de Candlewick por todas sus sabias ideas y apoyo. Un gran agradecimiento a Juana Medina, una ilustradora extraordinaria, que logró que Víspera superara mis sueños más extravagantes de cómo podría verse. Gracias a Clelia Gore, mi agente literaria, que creyó que este podría ser un libro hace tanto tiempo. También, gracias a Natalia Guerrero, Gabe Cohen, Maireni Soriano, Josh Terefe, Jean-Robert André, Alison Fairbrother y Pamela Mendelsohn por todos sus valiosos comentarios y orientación. Y gracias a Orion y Alma, entonces niñes pequeñes, por sugerir que mi poema necesitaba dibujos. Y a todes les meticuloses historiadores queer que ayudaron a informar el texto.

### DE LA ILUSTRADORA

Este libro es el resultado de un extraordinario esfuerzo en equipo. Mi agradecimiento a la directora de arte Maryellen Hanley, a la editora Katie Cunningham y a la editora asistente Alexandra Robertson por su generosa orientación y dedicación. Gracias a la autora, Joanna McClintick, por confiar en mí para ilustrar este libro. Además, a Jennifer Daniels, Karen Murph, Sharyn November, Jesse Hernández, Hilary Price y Sally Keith, gracias por tomarse el tiempo para ofrecer aportes invaluables.

Las referencias visuales para este libro provienen de una gran variedad de fuentes, incluida la Biblioteca del Congreso, los Archivos Nacionales, el Museo Nacional de Historia Estadounidense, la Sociedad Histórica de Nueva York, la Sociedad Histórica GLBT, los Museos de Arte de Harvard, la Alianza Christopher Park, el Proyecto de Sitios Históricos LGBT de la Ciudad de Nueva York y la Biblioteca Pública de Nueva York.

# La víspera de
# ORGULLO

escrito por **JOANNA McCLINTICK** ilustraciones de **JUANA MEDINA**

traducción de **DAVID BOWLES**

CANDLEWICK PRESS

Era la víspera de Orgullo,
cálida como ninguna.
La gente se alistaba
al salir la luna.

Las drag queens peinaban
sus pelucas con cuidado,
y les motociclistas
checaban el inflado.

Por toda la ciudad, los trajes se medían
y la banda queer sus instrumentos pulía.

Mamá nos dijo:

—¡Es hora de dormir!

Es el tipo de madre que es más varonil.

Mami empacaba algo rico que comer,
pero nuestra bandera Sammy quiso roer.

Terminé mi cartelón y lo puse a un lado
y describí los Orgullos a los que asistí encantado.

Caminaremos felices por todas las calles.
El Orgullo es el día para que te desplayes.

Hay carrozas y música
y arcoíris brillantes.
¡Y tantes amigues de alegría rebosantes!

Será el primer Orgullo de Sammy mañana.

—¿Le contamos todo? —dije de buena gana.

Nos sentamos juntos esa noche de junio,

y nos turnamos contando el primer Orgullo.

En mil novecientos sesenta y nueve,
no teníamos marcha—ni corta ni breve.

Las personas queer, de toda talla y forma,
no tenían derechos bajo las normas.

Ocultaban a fuerzas sus propias vidas.
Hasta su linda ropa era ya prohibida.

En Stonewall la gente se sentía orgullosa.
Pero la policía entraba, prohibiendo tal cosa.

Y una noche de junio, le pusieron fin.
En lugar de callarse, ¡armaron motín!

Lucharon valientes, sin más detalle.
Con una línea de coro en plena calle.

Cada noche la policía les dispersaba.
—¡No es justo! —la gente a voces gritaba.

Y se extendió esa marcha por todo el mundo,
¡mostrando que es bueno sentir el orgullo!

A veces sucede que no nos saben respetar.
Algunes se tardan en podernos aceptar.

Por eso cada año nos juntamos con estima
y marchamos en las calles sin importar el clima.

Para saber que valemos,
mostrar que existimos
y que toda opresión
siempre resistimos.

El Orgullo no es sólo tutús y coloridos tirantes,
sino los derechos queer y esos géneros brillantes.

Es un día muy largo y los pies van a dolerte,
pero el Orgullo significa «¡Juntes somos fuertes!»

Me acosté pensando en la celebración anual.
El Orgullo me recuerda: ser quien eres es genial.

Mañana marcharé con mi familia, bien sonriente:
«¡Feliz Orgullo a todes! ¡Qué lindo estar con mi gente!»

GAY POWER

31901068742925